寒天以後

駱俊廷詩選

「把事物從沉默的深處引向表達。」

——梅洛・龐蒂（Merleau-Ponty）

久暫詩學：以景抒情的皴染效果

——序駱俊廷詩集《大寒以後》

詩人　溫任平

二〇二三年每一個找我問事的朋友，都不約而同會在兩個半小時的談話裡問我：如何救經濟？我與他們的討論，有時會用上踰越市場學、社會學、政治學的概念，以文學與哲學的詞彙商討對策。朋友從我的談話，似乎得到更多的啟示。寫張三豐只寫道觀武夷山，不帶進神仙的故事怎麼可能有趣？嫦娥奔月何等氣勢，仍需吳剛伐桂不懈的堅持。跨科際的觀察倒不是為了增加論述的趣味性，而是企圖從不同的角度進行思考。駱俊廷的少作〈沉默〉，把「寂寞」比喻成沉沒中的船，Titanic撞到冰山還有人獲救。〈沉默〉一詩的人物，他擁有的每種聲音都溺斃，溺水之處就在他口裡，這就超現實（surreal），二〇一三年駱才十八歲，是早慧的詩才：

他所有聲音
撞到一座寂寞
滲入淚水
慢慢下沉

據說這次的災難
沒有一個語言獲救
全部溺斃
在他口裡

論述與創作都需要創新的思維。二〇一六年，年紀稍長的駱俊廷再寫寂寞——我的直覺是駱兩度在感情方面遇到挫折——他的〈離席〉不言寂寞之苦澀，他把虛的「寂寞」轉化成實體，座位上陷下去的凹印，用的是大家都懂得的「擬人化」技巧：「妳離席後／靠過的位子還留有／妳身軀的印記／／這是，坐立不安的我／塌陷下去的／／寂寞。」

被擬人化了的「寂寞」陷入得很深，留下位子上的印記，差不多成為景象，不是實景，而是虛幻的心象。「寂寞」是啥樣子，誰都說不上來，因為誰都沒親睹寂寞。

僅用一個單純的「擬人化」手法寫成一篇作品，這是駱俊廷的淺嚐輒止，往後的作品，他絕少用一個單純擬人技巧規劃全篇，而是把視窗打開，用眼睛與心靈去接收外界的訊息。這些訊息來自大自然、來自都市的大街小巷，還有形形色色的人。駱俊廷於二〇一七年加入天狼星詩社，早年以何本為筆名，寫了一大疊的詩，有些還是一行詩，我常戲稱之為「何本時期作品」。駱的作品多向他周遭的人事物擷景，比〈離席〉更早的〈草山歲末〉（2016）便是一例：

> ——穿出綠蔭，轉彎／走出大路，經過加油站／再去是超商，麥當勞／對面，好幾家小吃店／開始冒煙／／晴空是原封不動的藍／車輛在紅燈前／停下／行人不慌不忙／／冷過後回暖／很快，又要轉涼／同樣的黃昏街景／這裡的黃昏／停下來

沒用擬人化——這是當前現代詩最慣用的手法——〈草山歲末〉詩中人物一逕往外走，把他看到的加油站、超商、麥當勞、正在起灶的小食店、都市的車輛、紅綠燈、行人記述下來。

時間是黃昏，天氣在轉涼。提供了時間的、氣候變化的消息。

如果從情景交融的美學要求看，上述的外景毫無意義——然則詩的意義是什麼？詩一定需要鎖定題旨？——如果我和大家爭論，那我輸定了。

就我所知，二〇一六年的何本還不曾閱讀班雅明（Walter Benjamin），還不曾親炙法國詩人波特萊爾（C. P. Baudelaire）對巴黎街頭的「漫遊者」（Flâneur）的詮解。班雅明指出城市漫游者「有著獨特的敏感性、想了解周遭事物」。由於二〇一六年何本駱俊廷尚未接觸過「漫游者」觀念，他的書寫顯得平面，不夠立體，讀起來像看作者的日記。令所有的「符號狩獵者」（symbol hunters）失望。

駱俊廷詩的情景交融，可能與幼承庭訓有關係，駱的父親是檳城書藝學會會長駱平山。俊廷於二〇一一年獲大馬全國中學生中堂書法比賽亞軍，翌年十七歲參加馬來西亞全國興革語中學生書法比賽奪冠。他在台灣政大唸博，勇敢地參與了政大師生書法聯展。書法是他的底氣，他精於漢棣，棣書左右揖讓、竪短橫長、偏中求正、避免雷同等規格，於下意識裡滑鼠般的推動他的詩行，方便他照顧詩的發展。書法對駱詩的佈展，得專文論析，這兒只提不論，中途插隊的議論，「好大喜功」，反而會扯得遠了。

古典詩詞的融情入景，手法細膩，注入情緒／情感，水到渠成；當前的現代詩許多時候連靜脈注射、按照時間緩緩輸送的規定也不遵循，反而更像打鷄血那樣直接用針筒注射，整個過程粗暴毫無美感可言。駱俊廷一反時尚，「不動聲色」的平鋪直敘，最後帶出人物對時間近晚、天氣漸涼的感覺／感受，這就打下了他的詩藝特色。他寫詩的基本策略。

這牽涉到融情入景的「速度」、「力度」、「暈染度」，還有景象本身配合不配合「情的注入」，過程會不會出現「身體抗拒」（body rejection）的美學問題。葉夢得《石林詩話》所言「意與境會」，乃唐人舊說，不足為範，「意」與「境」是兩碼子事。有「意」即有「境」，天下哪有這麼便宜的事。

杜甫的：「天高雲去盡，江迴月來遲。衰謝多扶病，招邀屢有期。」上聯景，下聯情。「身無卻少壯，跡有但羈棲。江水流城郭，春風入鼓鼙。」上聯情，下聯景。新詩以迄現代詩，基於白話文句片語的長短不一，不像古典詩詞的涇渭分明，一句情，一句景。五七律或前面四句是情，後面四句是景；或前面六句皆寫景，接續的最後兩行都寫情。白話文比文言文的流動性大：

「水流心不競，雲在意俱遲。」景中有情。「卷簾唯白水，隱几亦青山。」情中見景。杜甫膾炙人口的名句：「感時花濺淚，恨別鳥驚心。」情景交融，融渾一體，兩句同時寫景寫情，有一種共時性。「白首多年疾，秋天昨夜涼」、「高風下木葉，永夜攬貂裘」一句情，一句景也。景沒有情的因素，情沒有景去襯托，難有佳作。初習詩藝，如果先從詩詞下手，以為寫詩每首都必須按照上面的規矩，照本宣科，不啻自陷套路。駱俊廷於二〇二一年寫〈春節〉，最末四行：

鄰里圍牆的鞭炮花
悄無聲息就有春意
走在田埂，不必煩憂
入夜以後這裡全是海

情愫在速度極慢——春意悄無聲息的走在田埂——這些都是心象的風景，一番曲折才道出「不必煩憂」的感情，「入夜以後這裡全是海」這是詩中人物的主觀想法，皴染的幅度很大：整個田都成了海。

且看駱俊廷的另一首詩，完成於二〇二一年，技法顯然成熟許多：「一朵百合在室內綻放／時間走得特別輕／空谷的幽蘭，在飯桌上／在飯桌上也就有了整個下午／有了黃昏，有了深夜和黎明／可正午是沉悶的瓶／細長且深，仿彿等待素描／素描一隻握瓶的巧手／這隻巧手或正在窗前托頭／或正在窗外招手／思緒啊，正靜靜／插在花瓶裡。」

百合的擬人化，詩中人物可能在作靜態寫生，黎明與深夜都是恆久的現象，等待著被素描的瓶子也是恆久的物體，只有畫畫或托頭的巧手、窗外某人的招手，帶給這首靜態詩一些些動態，讓讀者分享時間的輕盈。

而思緒啊，正靜靜
插在花瓶裡。

寓虛於實，甚至有點超現實，像法國印象主義，像道家的「空納空成」，並且開始凸出「久暫詩學」（The Poetics of Permanence and Momentariness）的可能性、可塑性。久暫辯證，乃哲學命題。

同年（2020）駱的〈線〉，記錄一句前言「金剛經說：三世心不可得。」詩分成兩個詩節：——「晴空群鴿齊飛，金翅閃亮／日曬被子，有新鮮陽光味／鼓鼓翻弄曾經的記憶／或風動了，或幡動了／／無終以來一條毛線／自邊緣處扯長／群鴿繞圈回返／沒有風，也沒有幡／絲線動盪起了無明」

與〈百合〉的靜中微動相反，〈線〉一開始即動，四行內的鴿子、陽光、記憶，已分不清是佛家的風動還是幡動；就是動。接下來的「自邊緣處扯長／群鴿繞圈回返」仍然在動，往復迴旋，走向無動無明。前面四行是景，後面五行是情中帶景，這「情」是思考性的情緒甚至是宗教性的領悟。前四行為「暫」（temporariness），然後是過渡性的兩行，末二句才凸出意識／時間之「久」（permanence）。

駱俊廷的〈油漆未乾〉七分寫景，三分寫情，嚴格來說，題目「油漆未乾」本身即有景與情的寄寓，詩是這樣的：「大水即退，我們，推開門窗／推開滿目瘡痍，家屋似艘／隨時光順流，與往日同下／腐朽搖晃的方舟。／鳥獸散去（復有完卵乎？）／／霎時，晨光洶湧／猛然驅散盤據的瘴氣／一切待新，牆壁斑駁依舊／

堅守原來位置、距離／未及以塗抹掩蓋，油漆日」

這是一首 allegro 的快詩，動作頻繁，一連串的「推開」，讓讀者看到水患的災情。滿目蒼痍，人鳥獸都在避災。詩到了晨光洶湧那一節，速度加快，「猛然」賦予這首詩更大的衝力，增速、強化了蘊於景中的情。皴染、積染，然後潑染。油染未乾，水患來襲，要等漆乾真的很難，詩題本身就是個 self mockery，用景象加景象以及景象的擴散，皴染主題（水患擴散），一直是駱的絕技。

二〇二二年八月二十日我在馬來西亞《中國報》專欄，寫了篇題為〈駱俊廷：現代詩的「驀然美學」與衍異〉，駱擅長表達／呈現辛棄疾在〈青玉案〉結尾處那種「尋尋覓覓，那人正在燈火闌珊處」的驀然錯愕、震動。「驀然」是十分短暫的「暫」。如果從「久暫詩學」視之，駱要凸顯的是「暫」（橫空而出的美學撞擊），生命歷程中意想不到的體驗。他的〈寄居景美〉詩發展：詩中人物見長喙入水的鷺鷥。天地凝靜。構成一幅獨特的畫，人物與鷺鷥都處於靜定狀態，那是久暫詩學的「久」，帶點卞之琳的名作〈斷章〉的幾何趣味：

彼不動，我不動

兩點之間有了一線
萬一中途，牠率先
往遠處的山林隱遁
在這橋上，就剩下
一點的我。

駱俊廷寫《安平舊港》：

不必回頭尋找，安平港，海中央
白鷺是否停靠，時間一望無際
問保麗龍，不腐不朽，能否保障
一千年的盛世太平？

重點仍落在久暫詩學的「久」，詩裡有「久」與「暫」的辯證，保麗龍的「不腐不朽」（長久），與眼前安平港能否保一千年的平安，成了久暫之辯，也許要到福山（Francis Fukuyama）所言「歷史終結」的那天，才有答案。「驀然性」（suddenness）沒有久暫的爭議，既然「驀然」當然就是「暫」：

例一：

那時候，在搖晃公車的回程中
從背包你取出借來的牟宗三
《五十自述》，與我道述：
「文殊問疾，悲情三昧……」
公車越駛越遠，天色昏暗
鼓聲疲憊，我們只聽見
彼此的心跳。

——〈故宮：給陳安兄〉

例二：

寒雨，她孤身兀立
蘑菇般的傘下
許久不動，彷彿待機螢幕
漠然凝視連綿的雨

不遠處，懵懵然身影
在雨景中現身
瞬間彷彿觸電
撐傘女孩，亮了

——〈點擊〉

例三：

回家臨帖，灰濛濛的天
薄霧不是輕煙，醺醺然
小屋如漁舟，再遲一些
斜坡小徑延伸無盡的
路燈，將準時亮起
揣摩東坡字跡，
筆畫沉著，情緒飽滿
一筆懸針弄破了宣紙

——〈寒食〉

邂逅的心跳，與前面的牟宗三衝撞，是美麗的錯誤，難忘的經驗，值得回味的記憶。整首詩是搭公車的記述，只有在結尾處看到了作者決定以情入景（公車內外的景）的心理動作，透露心跡。例二又近乎前述畫瓶的寫生（也可以是電影式的攝錄），「不動」是久暫詩學的「久」，一個不遠處出現的身影，使撐傘女孩驀然「亮起」，不是女孩真的觸電，而是女孩的欣喜點亮了自己，這是久暫詩學的「暫」。例三寫臨帖，接下去皴染的是下筆前的心理準備，人物一方面感受氛圍（天色），一方面想像自己身處的小屋如漁舟。夜深，小徑展開，路燈亮起，情緒蘊釀飽滿，人物落筆模擬東坡，「一筆懸針弄破了宣紙」這真的是遒勁的驚人一筆！時間停止，那一剎那是「久」抑或是「暫」？駱描繪的是德國大哲維根斯坦（Ludwig Wittgenstein）所謂的「事實」（Tatsache），是「事物狀態」（Sachverhalten）：久暫動靜的無聲辯證，進一步深化。

駱俊廷的作品有時在考驗久暫的時間性，他寫〈再見〉：「你說我老缺席／讓椅子日漸頹敗／日漸空缺，成為陽光／流瀉後的暗影／可我在來的路上／停駐，盯著沿途的花草／／（花草常新，在自然中／或靜，或動）」，最後六行是「久」與「暫」的拔河：

可花草是花草，我的凝視

只是凝視，你的等候
像原封不動
而日漸緊抓的根莖
彷彿沒變
彷彿變了

花草是花草嗎？花草是固定的久，還是可能有變化、可能驀然生變的「暫」？「原封不動」予人的印象是「久」、恆久不變。「日漸緊抓」如何感覺出來，這究竟是久還是暫？「緊抓」是動作，一般人看不到的「動」，由於大家都看不到，也感覺不到，那豈不就是不動的「久」嗎？維根斯坦在他的《邏輯哲學論》（4.121）提出「本身就是語言表述的物事，我們無法再用語言表述」。花草被語言表述，語言無法就地反身為意義添加或減少什麼。讀者在久暫之間徘徊，那正是細讀詩的莫大樂趣。久暫之辯，在俊廷詩中不斷出現，成為一種基本風格。筆者在序文不斷引述維根斯坦的哲學名言，有炫學之嫌，必須就此打住。

駱詩在久暫之間踟躕，體驗人間的靜寂靜態，觀察世間的動姿動態，竊以為無論動靜久暫，皆不妨考量書法的篆隸真行草，皴染幅度尤需留意意趣的拿捏。俊廷今年才二十八歲，唸哲學博士，專研朱王。往後的變化在目下階段，很難蠡測。王陽明的「心外無理，心外無物」，或可在某些方面遙接維根斯坦的「語言與意義乃是一體的兩面」，這對俊廷於久暫詩學動靜控馭，也許有所啟發，是為序。

二〇二二年三月一日

當詩歌終結之後

——《大寒以後》自序

這是我第一本詩集，收錄了從創作之初到現今的作品，從二〇一三到二〇二三，十年對永恆來說是微不足道的，對生命而言卻是黃金歲月，歷經成長，情感，思維的轉變。我的創作起步非常緩慢，飛機啟動了很久卻還停留在地上打轉。這些年斷斷續續地寫，也曾體會靈感枯索，對寫作的懷疑，挫敗和放棄，很多作品終究只是不成熟的練筆，不值得出版。對我而言，真正標誌著成熟的是〈寫生：一種印象派的嘗試〉，它不再揣摩意象或再現事物，而是讓「物」自我開顯（aletheia），把事物從深處引向「表達」。

我始終關心的是造化間隱密的震動，心物的冥契，歷史的幽靈，情緒的共鳴……這十輯的分類，只是我個人「直觀」地對作品主題或風格的分類，詩作的前後排序亦然，唯有在整理自己作品時，才真正領悟到「物件擺放之間，若有似無的神祕感」（Leonard Koren 語），換了排序意義或許就變了。

付梓之初，朋友問我這本詩集有什麼主旨，我打趣地回答「大寒以後，重返荒原」。艾略特的《荒原》無疑標誌著現代詩的「開端」（Anfang），而現代詩作為一種文體（genre）也始終脫離不了白話文運動的發展，創作是根植於歷史（文學史），文本是存在於脈絡之中的。不過，我們如今所面對的，是詩創作者的自甘墮落，掛著「詩的羊頭」：文學獎生產的泛濫修辭主義，市場化作品的夢囈宣洩，玻璃心詩學，這與其說也是一種風格的展現，不如說徹底消泯詩與非詩的界線，放棄對語言可能性的探索和文體自覺。

另外，AI或ChatGPT，背後的推演，運算，排列組合，就像波赫士《沙之書》所展現的無窮可能性，以有涯追無涯殆矣。這種（風格的）無窮性不正說明丹托（Arthur Danto）所謂「當代」藝術的態度嗎？「沒有一個可辨識的風格」，「只有一種使用風格的風格」。這眾多風格背後體現的毋寧是創作的虛無，真正「藝術的終結」。失落，沒有座標，不需要方向，波赫士說：「如果空間是無限的，我們就處在空間的任何一點。如果時間是無限的，我們就處在時間的任何一點」。

這種隨處可見的無重力感，並不會因為我們高舉「情感」而有所緩解，畢竟情感可能只是人無意義的過剩（surplus），而詩則淪為「過剩的過剩」，AI的理想國不需要詩人。但是，「詩，如何可能」這一命題是抛不掉的鬼影，它始終糾纏著認真的創作者。

大寒以後，我們正處於萬物失序、錯亂的「臨界」，在這個時刻，「重返」一詞或許能給予我們新的啟發和想像，密涅瓦的貓頭鷹在黃昏起飛。

最後，這本書獻給母親，妳是我永遠忠實的讀者。還有，感謝溫任平老師對我在寫作上的提攜與指點，卓彤恩在文學創作路上的相互啟發和鼓勵，以及許學灝對這本詩集出版各方面的幫助，謝謝你們。

是為序。

輯一 餘震

輯一　點擊

輯二　寫生

輯六　尋找船長

輯七　群像

輯十　重返荒原

輯一

餘震

餘震

鬆動的地磚咯咯顫動
一輛自行車逆向穿過
黃昏的人民廣場，群眾摩肩
擦踵，在擠挨、試探
彼此的位置，暗中
擠向，冬季唯一的日照處

許多事情始於微小的騷動
譬如生命，寫作，譬如

那輛疾馳的單車，持續
引起我內心的餘震

二〇二〇年十一月二十七日

聽莫札特未完成彌撒

陰暗早晨的工地，打樁
的噪音，持續且堅定
雲層裡隱藏雷電
慌張的群燕
滿山詭譎，悲涼的風
撲向草木行人

是有什麼情緒要迸發
力量在鼓脹，雄厚莊嚴
整座山林在搖晃
突如一聲巨響

中斷時間
是有什麼情緒要伸張
所有聲響融化為一
大雨齊齊落下，如合唱
一隻小雨傘
輕盈地撐開……

三隻、四隻、五隻
孩子們芭蕾舞女般
向外聚攏，開始旋轉
走出涼棚，走入雨中
——他們，走入了雨中

二〇二〇年四月四日

靜夜

久旱無雨。夜半芒果跌落砸響鋅板
鼻鼾堪比雷鳴，熱帶冷氣房極寒
窗外酷熱難耐，流鼻涕，巴洛克音樂
路燈透過紗窗照在書桌一角
書頁在黑暗中，顯得沒有意義
數學草稿繁複神祕，兩層床舖
物理系弟弟睡上層，哲學的哥哥
在下，概念倒置，仿若夢話
他問了弟弟，有關時間
如何糾纏空間的問題
顧爾德《哥德堡變奏曲》末

主題反覆，回到詠嘆調
只有長長的靜寂。

二〇二〇年二月十七

一隻雀鳥死在公路上

盆地的燠熱像煮一鍋粥
放眼整條公路，沒有
一處陰涼，交通燈黃閃閃
警示車輛放慢、放慢

一隻雀鳥死在公路上
人情冷暖，五味雜陳
翅膀覆蓋著傷，排水溝旁
冰淇淋滴在手背上

看起來像在巢裡睡著
探了探牠的呼吸
柔軟的羽毛，溫暖的傷
一隻雀鳥死在公路上

在冰淇淋尚未融化前
在趕來的路途上
我必須一路走到街尾
不記得什麼是感傷

二〇二〇年五月十日

離席

妳離席後
靠過的位子還留有
妳身軀的印記

這是，坐立不安的我
塌陷下去的
寂寞。

二〇一七年五月三十日

沒有

其實這一夜並沒有詩
沒有靜物，可供素描
沒有貓，蜷縮成毛線
編織夢話……

表面冰紋，表面上
誰也看不出，玻璃明白
映著你一臉茫然

沒有一句話
可以，沾水寫在上面給你

扣指輕擊，想起
你應躲入某個暗處
一時搞不清，究竟
自己困在裡邊
還是外邊

二〇一八年十二月二十九日

夏日

他們在正午的斜坡割草
蟬鳴尖銳，黃蜂追擊
路人，撲鼻草腥味
有秋天的肅殺之氣

幾世修行換得
菩提樹下
陰涼一隅？

隨車滾動的塑料瓶
沿途折返

不必驚訝，是我

二〇二〇年六月十八日

午後

暑氣未消，匆匆走在
午後的台北郊區
疫情告急，我從
麵包店出來，感覺有雨意
一隻飛蛾誤入深谷
在兩棟樓房的窄巷
奮力翻飛，黑色翅膀
撲動，黃帶閃耀，像搧動
一絲絲信號，不等綠燈
衝過馬路，我雙肩微濕
不見有雨

二〇二一年五月十九日

再見

你說我老缺席
讓椅子日漸頹敗
日漸空缺，成為陽光
流瀉後的暗影
可我在來的路上
停駐，盯著沿途的花草

（花草常新，在自然中
或靜，或動）

可花草是花草，我的凝視
只是凝視，你的等候
像原封不動
而日漸緊抓的根莖

彷彿沒變
彷彿變了

二〇一八年八月十五日

沉默

他所有聲音
撞到一座寂寞
滲入淚水
慢慢下沉

據說這次的災難
沒有一個語言獲救
全部溺斃
在他口裡

二〇一三年十二月二日

輯二

點擊

窺探

夜裡，你的身影
宛如一張簾，密不透風
拉上，讓我瞧不見內室
露水在柔軟的布料上，
滑落，浸透簾布

柔光隱隱在後
恰如我的心
在粼粼的水草叢
躲避魚群的攻擊

二〇一六年十二月二十二日

夏日即興

白傘倒掛在樹枝上
夏季無風，快跑虎虎
步道的行人業已沁汗
陡坡往下就是溪流
扎馬尾背吉他
原來是個男人
旋律駐足，藍鵲
驚走

二〇一九年六月三十日

點擊

寒雨，她孤身兀立
蘑菇般的傘下
許久不動，彷彿待機螢幕
漠然凝視連綿的雨

不遠處，懵懵然身影
在雨景中現身
瞬間彷彿觸電
撐傘女孩，亮了

寄居景美

橫橋壓低公路，傍晚大霧
過橋時，下面車輛斷斷
續續，對未來發愁
春天來得正是時候

身在異鄉，有人問路
我隨心指點，儼然
是這裡的居民
空枝點綴著少許櫻梅
晴些雨些，溪口時而湍急
如果風向與水流相反

定吹起層層波紋
平時清澈可見遊魚
鷺鷥的羽毛不沾濕
牠長啄入水
我凝神觀看

彼不動，我不動
兩點之間有了一線
萬一中途，牠率先
往遠處的山林隱遁
在這橋上，就剩下
一點的我。

二〇二〇年三月十九日

觀望

觀望是一種遠行，遠行
他們說是放逐
窗，遠景
雲，近物

沒有什麼寂寞是自願的
沒什麼自願是不寂寞的

眼睛是一艘小船
遠方的風暴，輕輕一眨
千帆過盡

身，遠景
夢，近物
卡繆，遠景
雨聲，近物

寂寞不遠不近不來不去不生不滅的荒謬……

菸灰缸裡彎著腰身的菸蒂
像遙遠的燈塔，正用力
吐出最後一點火光

房間暗，深深黑瞳
激不起漣漪

赫拉克利特之夢

夢裡涉河，一夜以後
腳是乾的，說不出你
丟失了什麼，記憶
無法踏入同一個夢境

一切流轉變化
身影沉澱不動，涉河那夜
記得，我確實狠狠抓住
一把撈起
時間流沙中，可惜
你已不復是你

唐吉訶德

卸除盔甲和襯衫，寒流來襲
的夜晚，他終於疲憊走進
溫暖的24小時洗衣店
堅定投下一枚硬幣

蒼白，削瘦，中世紀山羊鬍
他努力抵抗睡意，四周只是
快速運轉的洗衣機
汗水在渦輪裡打滾，
冷是絕對的靜寂

「先生，可有零錢？」
失去了長矛，坐騎和隨扈
他起身，將所有的硬幣
跟我兌換

二〇二一年一月二十日

輯三

寫生

線——三世心不可得

晴空群鴿齊飛，金翅閃亮
日曬被子，有新鮮陽光味
鼓鼓翻弄曾經的記憶
或風動了，或幡動了

無終以來一條毛線
自邊緣處扯長
群鴿繞圈回返
沒有風，也沒有幡
絲線動盪起了無明

二〇二〇年四月十五日

走吧

雲把月遮住了
我還在走
葉把燈遮住了
我還在走

水啊，徹底地流過了
我還在走

步履似這夜的蟲鳴
從沒停過，身影長成
岸邊的樹，開落自如

橋浮在水面
有著莫名的哀傷
哀傷一輛輛馳過去了
我還在走

二〇一八年三月二十五日

寫生：一種印象派的嘗試

像個老朋友，我常與他照面
河邊一樹合歡，經過與否
知道他都在
如果來遲，會生氣不理人
天氣不因春雨發愣
當一個念頭，還在地上打轉
我已繞過它走遠……

在景美，我植養的思念滋長如光
在花在草，在惺忪的眼眸
在河邊的一樹合歡上，隨樹枝

抖動起來，隨幼稚得意起來
我的漫步有如一種苦行

不經意間，書寫轉換成
某種線條、形狀，於是遠方
有了一座橋，橋後是山，是雲
於是，倒立的景致
從水影掙脫
幾何起來

枝椏後的天空，清明乾淨
新鋪柏油路在行走中變長
路道濕而油亮，彷彿冰面行走
雨重燕子輕，跌撞低飛
撞入我畫中成為一抹顏料

我的漫步是一種苦行
起筆前，方才想起
你出門前的一句叮嚀。

二〇一九年三月二十五日

視訊補習：給 Vivian

隔著螢幕幫小妹視訊補習
時常清楚聽見，清真寺的禱告
附近噪鵲鳴叫，淒厲，嘹亮
重複的雙音節如我唸出
一堆陌生的單詞，從表情
察覺她的明白與困惑

我們談論審美、感受：
「對一棵古松的三種態度」
唸誦文本，我解釋

美感如何取決於觀看
觀看的態度，隔著視訊
沒有時差，她可能聽見
宿舍樓下六點鐘，準時
垃圾車聲響，簡單的貝多芬
迴旋曲，她也會彈。

從簡單的理解到體會
她的困惑，我的窘迫
無法解釋只能描繪
想像力如白紙上
隨筆塗鴉，大漠孤煙
長河落日，蠟筆塗抹的直
與圓，面面相覷，語言無味

她的窗外天還亮
我的房間夜已黑

二〇二〇年二月十二日

巡風

沒聽過羅蘭巴特
像一頭貓科動物，晝夜蹲守
埋伏，從草叢中露出
零度的側臉

穩住一架單孔相機
細讀每一葉銀杏
懷疑：色即是空

整座山林倒影
在鏡頭背後

（群鴉受驚亂飛）
——焦距模糊復焦距

黑白灰三色寂寞空廓
視覺引申空間：睜眼是色
閉眼即空，是嗎？
生滅剎那的快門
不容反悔（風急，有點沙啞）

二〇一九年十一月七日

台北

週末，你走出早餐店，明明已經快入夏卻反常冷冽。你依序經過來時的商店街：俄羅斯傢俱店、舊理髮院、川菜小餐廳、修理摩托中心、法國麵包店……慘白的天空，分不清楚是晨是昏，鱗次櫛比的建築之間，擠出一道道窄小巷弄，你穿梭其中，天空盤旋的禽鳥顯得驚慌，鳴叫。一隻燕身子貼地急速衝出街頭，幾乎躲閃不及，投入的硬幣原封不動地從飲料販賣機裡跌回出來。

二〇二〇年四月二十五日

輯四

大寒以後

草山歲末

穿出綠蔭，轉彎
走出大路，經過加油站
再去是超商，麥當勞
對面，好幾家小吃店
開始冒煙

晴空是原封不動的藍
車輛在紅燈前
停下
行人不慌不忙

冷過後回暖
很快，又要轉涼
同樣的黃昏街景
這裡的黃昏
停下來

二〇一六年十二月四日

寒食

春城無處不飛花，街區
黃葉、絲帶在空中翻舞
小花也是有的，散落在草坪
點點滴滴，午茶是健康沙拉
淋上提味的醬汁很可口
楊柳倒是沒有，水邊蘆葦
傾斜得像要沾水寫字
回家臨帖，灰濛濛的天
薄霧不是輕煙，醺醺然
小屋如漁舟，再遲一些
斜坡小徑延伸無盡的

路燈，將準時亮起
揣摩東坡字跡，
筆畫沉著，情緒飽滿
一筆懸針弄破了宣紙

二〇二〇年四月三日

大寒以後

小布爾喬亞*盛裝出巡的週末
樹影調戲騎樓的樑柱，燕子
回到舊巢，藤椅比主人慵懶
節慶遠著呢，返鄉的日子
遙遙，紅燈籠預先掛起

所幸已渡過最冷的夜
華麗盛大的管弦樂隊
白頭翁，紅胸鳥，藍鵲
黃鴝，黑冠鷺，灰雀

折返小山林不期而遇
還是河岸好，流水清清楚楚

二〇二一年一月二十一日

* 小布爾喬亞：布爾喬亞（bourgeois）為音譯名，意思是「資產階級」，小布爾喬亞即「小資」。

春節——Hier ist die Rose, hier tanze!

我在苗栗的田裡拔蘿蔔
抬頭撞見高鐵往北橫走
遙想五柳先生菊圃東籬
說來可笑，苦守一畝荒地
苑里遍野開滿了向日葵

二十六個寒暑春秋大夢
衣沾不足惜，那又怎樣
鮮美的白蘿蔔，來吧
削皮、切塊、刨絲
下鍋蒸煮

鄰里圍牆的鞭炮花
悄無聲息就有春意
走在田埂，不必煩憂
入夜以後這裡全是海

二〇二一年二月二十一日

輯五

油漆未乾

2020備忘錄

茶，糖，菸草屬於航海時代
居家生活幾種煎蛋方式
樂此不疲，大疫後
一張備忘錄仍貼冰箱：
米，奶粉，衛生紙
襁褓時代

二〇二〇年四月十五日

閉關

日光把身影緊貼，在牆面
有點餓，閉上眼睛。太太
在廚房，哥哥和妹妹
對電視發了一天的呆

身影佔據房子
四分一，好似祈禱
面對剝裂的表皮
看見了壁的內層
粗燥的表面浮現瑕疵

遠看潔白，沒有問題
過久的凝視起了浮想
形狀凹凸的痕影裡
閃現一張苦楚的嘴

五點以後恢復供水
兒子把窗簾一拉，
室內陽光倏地消失
他睜開眼睛
影子，暈成一團黑暗

二〇二〇年三月三十一日

閑居

象曰：君子以思不出其位。

閑居不易，艮卦不吉
柴米油鹽水電債，白天悠閑
夜晚愁苦，新聞數據此消彼長
空氣酸腐，病毒權力唯快不破

閑居容易，艮卦為背
三天泡完六季的《紙牌屋》
換得隔日落寞、多疑

閑居變易，艮卦為腓

氣象預報和政治諾言
都不可信，烈日當頭傾盆雨
澆肥了野草，淋濕了
滿腔熱血

二〇二〇年六月十日

油漆未乾

大水即退，我們，推開門窗
推開滿目瘡痍，家屋似艘
隨時光順流，與往日同下
腐朽搖晃的方舟。
鳥獸散去（復有完卵乎？）

霎時，晨光洶湧
猛然驅散盤據的瘴氣
一切待新，牆壁斑駁依舊
堅守原來位置、距離

未及以塗抹掩蓋，油漆日
陽光率先以真相示人
才可揮霍，便泛濫成災
孤影緊貼牆面
壁癌以蜘蛛名義，
佔據牆角。（噓！油漆未乾
請勿嚷嚷）

油漆日，汙泥如畫
蝙蝠染出白羽
鉚釘缺了鐘面，懸掛空白
時日曠持，像一張
沒有目的地的航海圖
唯一指名的方向

在牆上，搖搖欲墜
（油漆未乾，請勿觸摸）

按照老規矩吧，油漆日
三房一廳，從主人房開始
除舊若舊，以粉白離間
顏色，舊漆翻臉，轉眼
如膠似漆，新刷如雪
一時看不見
任何瑕疵（油漆未乾，
請勿靠近）

請耐心等候，一切待新
承諾是把古老刷子
沾上新漆就開始粉飾太平

滿懷期待，我們如一塊
渾濁的調色板
滾筒般來回於磚塊
彷彿諾亞的新歸，這次
盲燈瞪視啞地，默不作聲
只見一樹酸芒果
隨晚風揮手，枯葉譁然
落在骯髒的院子裡

二〇一九年八月四日

好日子

這段日子，我一直都很謹慎小心。吵架之前備好口罩，毆鬥之前穿好手套，棍棒提前消毒，保持社交距離，避免接觸傷者，懷疑一切可能靠近我的警察。空氣流通很重要，砸破銀行的牆，當鋪的窗。病毒怕熱，我們縱火。無惡不作，以毒攻毒。

除了謹慎行事，我時時保健，為了增強免疫力，用了一半香蕉幣去市場買了一串甘蕉。

二〇二〇年六月一日

輯六

尋找船長

康德葬禮

「他們用為普魯士最偉大的國王所寫的音樂來歌頌普魯士最偉大的哲學家」——曼佛雷德·庫恩（Manfred Kuehn）

在科尼斯堡，他們用鏟子
挖開冰凍的堅土，全城教堂
喪鐘齊鳴，冬日晴朗，酷寒
許多觀禮者前來瞻仰
乾癟的遺體

沉默，更多的是好奇
隊伍很慢，經過他平日散步的路

土塊咚咚落在棺木上，
一個高貴靈魂的無聲殞落
沒人記得他臨終前的譫語……

外面世界，浪漫主義正狂飆
德意志民族站起來了
他的鄰人如是評價：
節制，自律，日耳曼式的憨厚
星夜為證，良心為據

科尼斯堡，人憑藉思想偉大
這個早晨人們親手埋下
孤獨理性的守塔人，是年年杪
拿破崙在法蘭西稱帝

二〇二一年八月六日

安平舊港

一隻白鷺停下來，立在保麗龍
安平港，海中央，載浮載沉都是它
全靠它，一段大江入海的歷史
流啊，流啊，我來的時候
早就結束，福爾摩沙
帝國主義浪漫回溯

天空飛的，水裡游的，陸地行走的
寰宇之大無處可去，我們只能是
其中一段，一個小節
內海七個沙洲，古名鯤鯓

從南到北，終於安平
荷蘭人稱熱蘭遮城。

路過鎮門宮，冷清的國姓爺祠
元宵煙火璀璨，人潮聚集在
鹿耳門聖母宮，一夜砲聲隆隆
幾個世紀過去，同樣震耳欲聾
來者都是遲到的遊客、門客、惡客

不必回頭尋找，安平港，海中央
白鷺是否停靠，時間一望無際
問保麗龍，不腐不朽，能否保障
一千年的盛世太平？

二〇二一年二月二十七日

尋找船長

尋找船長，神色凝重，從 Hikayat*
書店直往陵地，購得英殖民圖冊
匯編價格不菲，漢人精美手繪
工筆雜糅寫實主義，描摹
半島花果鳥獸
墓園無人，花香泛溢

尋找船長，臨近黃昏
林蔭幽僻開滿素馨
印度紫檀在塚邊
樹身粗壯，遍地金黃

尋找船長，墳群錯落
遙想古檳榔嶼開埠前
鬱鬱蔥蔥宛如園丘，十八世紀
萊特上校鼓舞士氣，金塊
一炮轟入島內，從此繁榮

尋找船長，石瑩厚重
幾朵紅玫瑰尚未凋敝，說明
曾有人到訪，夾縫生長綠艸
彷彿海面升起三桅帆船
墓園蒼茫，斜陽照在碑文一角
風聲鳥聲，枯葉上有踩踏聲

二〇二〇年二月二十日

* Hikayat：源為阿拉伯語，意指「故事」，在馬來語中為一文學體裁，指史詩或英雄傳奇。

故宮：給陳安兄

像艘舊船，開在激流，亞熱帶風吹
日曬，找到各自的位置，或站或坐
沿途風景明亮，遠山忽近忽遠
拋市區於腦後，郊區慢車一路開
不過短暫的出離：春日的梅花
綴滿枝頭，楓葉紅了，十月
在濕冷的土地。公車晃蕩
此時，鼓聲大作，此時
大作的鼓聲，沒人聽聞

未必識得發凡，在起源處
象形宛轉蒼老的血脈，蜿蜒
如溪流，疊嶂如山脈
白釉瓷精神，玉的文化
青銅文明，隔著時間
裂痕斑斑，像兩個遺裔
吃力模仿族語，我們
逐字逐句辨識，看彩雲
如何落凡，皴染成一幅
嶙峋的山水

那時候，在搖晃公車的回程中
從背包你取出借來的牟宗三
《五十自述》，與我道述：
「文殊問疾，悲情三昧……」

公車越駛越遠，天色昏暗
鼓聲疲憊，我們只聽見
彼此的心跳。

二〇一九年六月二十六日

途經紅毛舊塚

喬治市堵車煩躁
熱氣蒸騰，汗流浹背
途經左道紅毛舊塚
圍牆不高，鐵門深鎖
青苔爬滿白色石牆
大理石十字架，羅馬天主
基督新教，一目了然

墓園清靜陰涼，
灌木蒼翠，枝條下垂
赤素馨沿路栽種
白裡透黃，從未見果

彷彿置身歐洲花園
法蘭西斯・萊特*以及十八世紀
移民者、傳教士水手與士兵
安息在這，碑上拉丁字母
仔細交代來歷，死於瘧疾
船難者多

幾座漢字刻文，卒於光緒十四年
太平天國曾落草於此
墳頭因苔蘚萌生綠意
偶有雀鳥停靠，彷彿宣稱：
我來，我看，我征服

二〇二〇年二月十七日

* 法蘭西斯・萊特（Francis Light，1740-1794）：馬來半島檳榔嶼於英國殖民時期的第一任總督。

五四

我在文山，宿舍走廊
如果天晴，沒有霧霾
一排長窗即可眺望
高聳的台北１０１

五四早晨，我在走廊
建築尖頂一手指天
有關陰晴，無關風月
我用白話文寫詩給你

過了五四，天氣要變

政治天天都變
百歲人瑞頭髮花白
枝葉茂密，窗外的樹木
模糊的尖頂，似有所指

二〇二〇年五月四日

律令

選擇在有點冷的春季
讀維根斯坦，在俄烏戰爭的空隙
他的事蹟比英雄的豐功偉業
有趣，瘦削堅毅的肖像是一面，
另一面是工程師，一九〇八年
他在設計自己的飛機：
一款特殊的動力螺旋槳

歐戰被征軍，見證帝國瓦解
劍橋只是生命的驛站
放棄巨額遺產下鄉教書

他的導師是羅素而非悉達多
研究哲學是為了終結它
砲火殘存的《邏輯哲學論》
隨即被自己推翻，形而上學
的盡頭，是民族國家的廝殺
彷彿冥冥中有律令：
　世界是一切發生的事情
　凡不可言說者，沉默。

二〇二三年三月三日

輯七
群像

台北狂想曲

荒腔的雨勢，落在頭頂
肩膀，哭喪鬼臉妝融成
小丑的裂笑，醉意流動
從萬聖節舞會出來
撞入一間酒吧的舞台

旋轉玻璃門推開：
貞潔的舞女，放蕩的教宗
跛腳的吸血鬼，別懷疑
半人半馬正在調酒
西裝皺巴巴的媒體名嘴

留著驢尾巴，準備競選
不知誰是你誰是我
我即是你；你即是我
暈眩的腳步，輕
濕淋淋的衣褲，重

舉杯歡呼吧，混亂的世界
舉杯歡呼吧，幻滅的理想
快馬趕到下一家酒館，
因為今夜，沉醉
是我們的故鄉。

為 ChanChan 寫

加勒比海風熏黑皮膚
革命三十載，古巴
鬆動了嗓音
虛幻唱起死亡之歌

搖槳瀲灩，顏色逍遙
吉他，彈落幾朵梔子花
沙塵踩踏，俐落的舞步
金龜車呀
今夜你們將載我往何處？

死是0，生是1
音樂是∞

勒死 lyrics，絞殺理智
讓我們，此刻復此刻
搖擺，此刻不復此刻
搖擺！

十日談

快樂的日子何止只有九個
或十個陰晴不定的早晨
破曉時分，城郊山上的別墅
又聞喪鐘，一夜狂歡的狼藉

每個故事，都有一張長啄的臉
飛過人群獸群，農舍城市
教堂宮殿，墓園傾塌
送葬隊伍鬆散……

黑暗未被燈火隔離，趁夜巡視
居住的城鎮，陌生得無人
可以問禮拜幾，失序的街道封阻
死亡例外通行，坐困愁城
縱慾即是聖行

讀過《鼠疫》的薄伽丘
嫌卡繆寫得嚴肅，過於合理：
「荒謬只是開始，反抗才是出路」
風颳聲淒厲，急促，慌亂，渴
故事起初都是合情合理
咳嗽，飛沫，眾人低頭掩鼻
快步經過窗前，靈魂已經消毒。

二〇二〇年四月一日

芭蕉茶席：給崑秀姐

長廊木屐聲清脆
芭蕉的風，比暮鼓準時
沸水煮茶，魚目瞪蟹眼
燒紅的鐵壺如怒目金剛

故事從一席話開始
像一艘船，順流而下
茶水映照我們的雙眸
孵住杯盞，掌心的若深
如幼鳥初生

醒茶，是另一種醉態
入世出世，器與不器
古典的譬喻經得住
現代的銀壺沖泡

沒有什麼故事，不能
從香苦澀甘甜說起……
天地悠悠，昏明醒醉
還是一杯世俗的我們

群像

我在朦朧的角落，尋找
你的影子，穿過窄仄的巷弄
推擠的人群，避開鎮暴隊
和催淚瓦斯，思索
黑暗時代的發語詞
（一種純屬於向日葵的幻想）

炭筆曾經描摹或者，
試圖捕抓，你再再流動的景觀
像迷路的地圖
像廢棄的迷宮

花瓣，露珠和雨水
濯然生長，莫名消失
許多人立在鏡子前
昂首挺胸，又猝然垂下

我們在迷失中尋找
或在尋找中迷失？

（像空中翻轉的硬幣，落在
我們無法決定的那一面）

忘掉教科書，宣傳單
網路喧囂，步下千層台階
努力緊追你、逼近你

而我始終是膽怯，懼怕
（言語說出則真相逃逸）
像密室中乾渴的仙人掌
耗盡最後水分，我不知道
究竟如何，從破碎的詞語中
大聲地為你歌唱

六四口占

夜讀《全唐詩》無鄉可思，人在天涯，遠離往事，打開新聞，黑壓壓人群中，不禁懷疑，有沒有當年的我？嘶吼的喉嚨，空洞的回音，從廣場到高塔，整牆的回憶錄，爭論一張照片真偽。千百詩中，不禁好奇，哪首是現在的我？感時憂國，愁緒別離，卅年後一筆勾銷，日曆可撕，晚報可翻，鳥不驚淚不濺，是我，非我，半生颯颯風去；這輩子只剩一句：

「山山黃葉飛」

二〇二〇年六月四日

偶遇

許久不見那香江人了
這裡的咖啡廳不缺人潮
坐在冷風中，聽他講述
那場事件的挫敗和歪曲
歷史是一襲破爛的衣裳
想到天氣回暖，潮濕的被褥
可以曬一曬……

我訝異於他對三民主義
的嚮往以及有些過時的民族情懷
唐牟花果，新亞飄零

「呢次出走只係契弟走得摩*」
我們談到附近的廢棄工地
他轉口：荒漠盡頭是綠洲

我不知今日會不會更壞
我不知明日會不會更好
搭上中華航班或者跳上
那艘慢慢下沉的船

許久不見，他臨走忘了傘

二〇二三年三月四日

* 粵語俗諺，指形勢急轉直下，逃避不及，只能拖延，與前面「花果飄零」形成對照。

線索

孤獨的機關槍噠噠噠掃射人群
彼此誰也不認識誰誰也
無需認識，麻雀落地及時啄了菸蒂
火光璨亮，頓時，像導火引線
人們眼角同時眄伺到
一隻花貓優雅地在街角處
拐彎，鐘鳴十二，沒有一個人倒下

輯八

愛情考據學

經驗

他們每次戀愛
都到橋邊
鎖個愛情鎖
後來，他解鎖
她配匙。

二〇一七年三月十四日

雨

當世界山茶花你，蒲公英我
你粉白了我，我桃紅了你
你且重瓣地紫起來
日絨我以球，夜散我以針細
而他，痛快地丹了而赤而絳而赭……
你是面，我是部分的你
分散的我，成了許多他
你開心了就泉，我淒苦而後井
他呢，他雨，雨雨雨雨

愛情考據學

約會間隙，我翻閱
一本小小的《詞與物》
時時惦記時間
等候她的到來，
她無所指涉，非芳名能指
亦非我愛之意指

光線忽暗，人來人往
耐著性子，立在街頭
一路讀下去（你的模樣
忽然模糊……）

心正慌亂，喧鬧聲中
後面有人輕呼，
回頭（叫我嗎？）
「是我啊」，她說

二〇一九年一月四日

百合

一朵百合在室內綻放
時間走得特別輕
空谷的幽蘭，在飯桌上
在飯桌上也就有了整個下午
有了黃昏，有了深夜和黎明
可正午是沉悶的瓶
細長且深，仿彿等待素描
素描一隻握瓶的巧手
這隻巧手或正在窗前托頭
或正在窗外招手

思緒啊，正靜靜
插在花瓶裡。

菸，愛情，無關痛癢的詩

關於愛情，
來寫一首無關痛癢的詩：

行到街角處，偶拾一盒菸
尚存一根完好
叼在嘴邊，嘗試點燃
打火機呢，早沒了
掏出火柴刮擦
給風吹熄

收入口袋

上了公車
然後？

忘
了

什麼時候忽然意識到
仔細搜出，拉直折壓過的皺痕

點火

猛然抽上幾口，緩緩吐出
煙雲之間，我知道
哦，味道是一樣沒變

二〇一六年十一月二十七日

白夜

何必嚮往那份純真
即使感傷已追上我
從聖彼得堡一路閑逛
朦朧的夏季白夜
人們都到別墅去

看門前的枯樹，長橋
土灰的矮厝，邂逅……
四個夜晚與你長談
天真的幻想，沒有私欲
佔有，夢裡的雪很大

入夜而愛，即使不是你
我整晚都沒有睡
害怕清晨，提前來到
害怕幸福只是我的獨白
你的等待有了結果

哦，娜絲金卡，不要擔心
即使不是你，我喜歡你
是因為你不會愛我

輯九

冬天十四行

恆光橋：給彤恩

鵝卵石般，這一夜水面平靜
幾許橙光浮起，在你枕上
憑欄眺望，燈火與夜黑
太遠了，你必須深信
山另一頭，有青鳥守候
吹薩克風的樂手來過
你必須深信，
我聽過那首小令
擺盪空中，迷人
晾著布被，對岸高樓陽台
如風帆鼓鼓膨脹，我側身

避過人群，香氣撲鼻
橋下夜宵店，冬粥已在
夏天的鍋裡煮熟

冬天十四行

我抖落如雪，像你身上的白羽
你撲翅低飛，如我溫熱的吐息。
委身於夢，傾出一身，在途中結霜
寒冷擁抱著寒冷取暖
背對喧囂躺下；起身面對沉默
蜇藏於眸的暗角，夢眨眼亮出寂寞
捲攏的深秋緩緩開展成冬夜……
在夢裡，我們是散落的光
萬籟俱寂，亙古若幻
唯醒來的眼睛閃耀如星
來者！切莫踩碎這薄薄的幻鏡

切莫驚擾，這冬眠的霜夢
忘了河流遙遠的前世
來春，它便是探頭的小草

喬治市

街頭漫遊，石堡鐘樓與燈塔碼頭
荷蘭炮台對著逐漸造陸的海
城堞上，海岸線退遠
想像炮火的射程

殖民時代崢嶸老樹逢春
立著告示牌，歐戰紀念碑
有騎士長劍，觀音亭香火
繚繞，笨重肥鴿爭相啄食

穿梭在迴廊間，我問你
中午想吃什麼
英式茶點，娘惹晚餐
不需要石雕噴泉
希臘柱式的市政廳外
灑水器噴灑
大草場孩童嘻鬧
隨風飄動的都好：
風帆，紙鳶，氣球
攜手經過，任由孩子
吹一圈圈泡沫

輯十

重返荒原

大火

燎原多日，我收到包裹
Amazon 寄來一本詩集，一本甲骨字典
自雨林深處。頁夾幾片枯葉
偶然翻開，竟有股燒焦味
不知野火來歷，我翻開字典
頁頁翻查，隔開煙塵般的字句
我尋獲，一群稀有的鳥，狼狽地
從延燒的枝頭起飛，字跡晃動
宛若剩下一身模糊難識的骨架
（我想給它們找個「羽」字）

文字愈古，鑿痕愈深
聽見史前的流水聲，我溯流而上
前面是一條寬闊的大河
川道上，浮著許多小舟
初民們倉皇渡河，羊犬在岸邊
不及尾隨（我驚覺「河」的形聲
源於一聲叫喚）

我見到了史前之火
殘暴縱慾，經千年而來
（慌忙，我尋找藏匿的「雨」「水」）
一聲霹靂響過後，日月無光
（頁數停在「雷」「災」上）
文字哀鴻，遍野哀歌

盡是一片燃火的叢林
密佈的濃煙會意著
我匆忙略過的那一行「死」字

沒有半頭大象，在意象的盡頭
一隻鹿竄出來，角著了火
跳入水中溺死

二〇一九年八月二十七日

重返荒原

不要問這是哪一種殘忍
不屬於任何一個季節
像昆蟲甲殼上的螢光
詭異、莫名，我來聽你
訴說人類的創生
與毀滅，向各自孤獨的日落
前進，重返荒原

在一切起源和終極
風景，隨你的韻律
起伏，雨珠維持自性

蟬鳴清脆，喏，你在背反中
發現真理，像凸鏡的凹痕
山峰的深淵，
大霧中你洞察一切

每一滴雨珠都有各自的身世
獨立，又彼此聯繫
秋蟬留下軀殼，流星劃過
存在是虛無的變奏，這是
道成肉身還是寂靜涅槃？
梵谷星夜的逆轉
即是，辯證的理性螺旋

苦難的年代，即使學會了
愛斯基摩語十種雪的表述

也無法向你轉達，什麼是冷

穿過你狹窄的夢境甬道
重返荒原，在未來和過去之間
一切速度都將凝固成畫面
雨珠分裂自己……

始終無法抵達慾望的彼岸，
哦，索多瑪與蛾摩拉
永夜與極晝，在孤獨的囚禁中
我們還是囚禁不了孤獨
我忍不住想轉身，
即使隨你的文字
我會化成一株鹽柱

預知消亡紀事

——《大寒以後：駱俊廷詩選》後記

在作品出版之際，我想要談的是詩集的消亡。

個人寫作風格總是未定型，充滿可能，直到你第一本書誕生。「自為的寫作」與「自在的作品」分裂始於作品面世。也許，我們根本不需要見證「作品之死」，一本詩集只能藉由它的絕版，消隱，查無此書，才變得誘人，它的價值（甚至是美學的）總是揮散於某種懷舊、尋幽的情懷中……

當然，不必像本雅明般悲觀地宣稱「書與青樓女子相似：占有的人很少能夠看到他們的結局，因為他們總在香殞之前就消失得無影無蹤。」第一本詩集，標示著某種消失的姿態，總是來得太早或太遲，對讀者來說是如此，對於作者更是。閱讀史上一再印證，一首詩作是不需要母體的（無論作品或作者），它總是已經在那兒了，總是被我們直接經驗，直接挪用，而無需知道它的身世。脫離作品的詩，像撈起來的活魚一樣，任人刀俎。

書籍的歷史是消亡的歷史，詩卻沒有時間性。然而，遺忘總是會戰勝一切，出版不是為了更加記得，不是為了拖慢遺忘的腳步，而是藉由詩集的遺忘而成就「詩」。閱讀成就作品，記憶成就詩，就如布朗肖借用《新約》所呼喚的「拉撒路，出來！」（Lazare, Veni Foras）。

詩的終結、消隱不是它再也無法寫出什麼，而是早在這之前我們已經不需要它了，寫作慢慢變得無意義，連稱「遊戲」也索然無味，而書寫本身難道不也是面對失敗，面對無意義，甚至面對「遺忘的遺忘」嗎？

遺忘書籍成就詩：唯有藉由這「信心的跳躍」（leap of faith），寫作才不會是完敗的。縱使如此，詩就得以回歸最初的抒情或吶喊或成為啟示錄般的終極見證嗎？答案不會出現在這本詩集，當你嘗試追問並凝視這個失序，錯亂的深淵時，詩已臨在。

讀詩人169　PG2991

大寒以後：
駱俊廷詩選

作　　者　駱俊廷
責任編輯　陳彥儒
圖文排版　陳彥妏
封面設計　張家碩

出版策劃　釀出版
製作發行　秀威資訊科技股份有限公司
114 台北市內湖區瑞光路76巷65號1樓
電話：+886-2-2796-3638　傳真：+886-2-2796-1377
服務信箱：service@showwe.com.tw
http://www.showwe.com.tw
郵政劃撥　19563868　戶名：秀威資訊科技股份有限公司
展售門市　國家書店【松江門市】
104 台北市中山區松江路209號1樓
電話：+886-2-2518-0207　傳真：+886-2-2518-0778
網路訂購　秀威網路書店：https://store.showwe.tw
國家網路書店：https://www.govbooks.com.tw
法律顧問　毛國樑　律師
總 經 銷　聯合發行股份有限公司
231新北市新店區寶橋路235巷6弄6號4F
電話：+886-2-2917-8022　傳真：+886-2-2915-6275

出版日期　2024年5月　BOD一版
定　　價　250元

讀者回函卡

Printed in Taiwan

國家圖書館出版品預行編目

大寒以後：駱俊廷詩選/駱俊廷著. -- 一版. --
臺北市：釀出版, 2024.05
面；　公分. -- (讀詩人；169)
BOD版
ISBN 978-986-445-937-7(平裝)

851.486　　113002730